LES FAUSSES
INFIDÉLITÉS,
COMÉDIE
EN UN ACTE ET EN VERS,

Par M. BARTHE, *de l'Académie de Marseille.*

Représentée par les Comédiens François ordinaires du Roi, le 25 Janvier 1768.

> *In amore hæc omnia insunt vitia, injuriæ,*
> *Suspiciones, inimicitiæ, inducia,*
> *Bellum, pax rursum.*
>
> Eunuque de Térence, Acte I.

A PARIS,

Chez LAURENT PRAULT, Quai des Augustins, au coin de la rue Gîst-le-Cœur, à la Source des Sciences.

M. DCC. LXVIII.

A MON FRERE.

Recevez cette petite Piéce dont vous desiriez le succès autant que moi. Je vous la dédie. Je ne doute point qu'elle n'ait votre suffrage; si le jeu des Acteurs a séduit le Public, je retrouverai la même illusion dans votre amitié.

PERSONNAGES.	ACTEURS.
DORIMÉNE, jeune veuve..	*Made. Préville.*
ANGÉLIQUE, Cousine de Doriméne..............	*Mlle. d'Oligny.*
Le Marquis de VALSAIN, Amant de Doriméne....	*M. Bellecour.*
Le Chevalier DORMILLI, Amant d'Angélique......	*M. Molé.*
MONDOR.	*M. Préville.*

La Scene est à Paris chez Doriméne.

LES FAUSSES INFIDÉLITÉS, COMÉDIE.

SCENE PREMIERE.

VALSAIN, DORMILLI.

VALSAIN.

Chevalier, votre amour eſt une frénéſie.

DORMILLI.

Marquis, le vôtre à peine eſt une fantaiſie.

VALSAIN.

Vous aimez Angélique un peu trop vivement.

DORMILLI.

Vous aimez Dorimène un peu trop froidement.

VALSAIN.

Vous faites le malheur de la plus tendre amante.

Votre ſcene d'hier fut bien extravagante !
Angélique eſt outrée.

DORMILLI.

Ah ! que dites-vous là ?
Il lui ſied de bouder ! Les femmes, les voilà.
Ont-elles quelque tort ? Si nous oſons nous plaindre,
Elles ſont d'une adreſſe ! Elles ſavent contraindre
A demander pardon du tort qu'elles ont eu.

VALSAIN.

Mais voulez-vous toujours douter de leur vertu ?
Vous êtes plus jaloux qu'il n'eſt permis de l'être...

DORMILLI.

Moi !

VALSAIN.

Sous un triſte nom c'eſt ſe faire connoître.
On cauſe, diſons mieux, on rit à vos dépens.

DORMILLI.

Qui ? ces gens du bel air, cœurs légers, froids plaiſans,
De maîtreſſe & d'ami changeant comme de modes,
Pacifiques époux & même amans commodes.
Je leur permets de rire ; un cœur tel que le mien
Doit étonner le leur. Oh ! vous, vous aimez bien :
C'eſt le plus beau ſang froid ! ...

VALSAIN.

Nous n'aimons pas de même.
Tyranniſer les gens, ce n'eſt pas mon ſyſtême.
L'air froid cache ſouvent un cœur qui ſçait aimer ;
Et d'ailleurs, l'amour vrai doit ſçavoir eſtimer.

Les Femmes, j'en conviens, peuvent être infidelles...

DORMILLI.

Peuvent être eſt fort bon.

VALSAIN.

Mais, pour les croire telles,
Pour les juger enfin coupables en amour,
Je veux des preuves, moi, plus claires que le jour...

DORMILLI.

J'entends.

VALSAIN.

L'amour jaloux a trop l'air de la haine.
Formons d'heureux liens, & point de triſte chaîne.
De l'Amour, s'il ſe peut, n'ayons que les douceurs:
Moi, j'en ai la tendreſſe... & d'autres, les fureurs.

DORMILLI.

D'accord; vous êtes doux. Vous verriez Doriméne
Pour quelque heureux mortel n'être pas inhumaine,
Qu'immobile témoin & rival complaiſant,
Vous trouveriez, je crois, le procédé plaiſant.
Cela s'appelle aimer.

VALSAIN *riant.*

Pour vous prouver que j'aime
Je veux être jaloux, jaloux de Mondor même.

DORMILLI.

Pourquoi non? Ce Mondor me déplaît.

VALSAIN.

Je le crois:
Il eſt ſi dangereux!

DORMILLI.

Vous riez ; mais je vois,
Je vois tout. Franchement, votre Mondor m'assomme.

VALSAIN.

Hier, je m'en doutai.

DORMILLI.

Soyez sûr que cet homme
A des desseins secrets. Je ne suis point jaloux ;
Mais je sais que Mondor conspire contre nous.
Oui, j'ai vû Doriméne, & même sa Cousine
bas & d'un air effrayé.
Rire avec lui, d'un air, là...

VALSAIN.

C'est qu'on le badine.
De tels originaux sont si divertissans !
Un riche, au ton badin, un fat de quarante ans,
Quelque esprit, mais si vain qu'il en est par fois bête,
Croyant à tout le sexe avoir tourné la tête,
Lui prodiguant les bals, les fêtes, les soupés ;
Assés mauvais railleur sur les maris trompés ;
Achetant des travers par ses dépenses folles...

DORMILLI.

Eh ! bien, il réussit.

VALSAIN.

Oui, ces femmes frivoles,
Qui ne se piquent pas de choisir leurs amans,
Ont daigné quelquefois lui donner des momens ;
Et, trompant avec art sa vanité crédule,
En ont fait, à plaisir, un fat très-ridicule.

Et vous ne voulez pas qu'on en rie ?

DORMILLI.

Oh ! j'ai vû
De vos femmes de bien, prodiges de vertu.
Tel homme étoit d'abord plaisanté par ces Dames,
Qui bientôt... tout s'arrange avec les bonnes ames.
Tenez, mon cher Marquis; notre siécle, nos mœurs,
Nos maris, nos amans, nos charmantes noirceurs,
Et ce sexe maudit, que je hais, que j'adore,
Et mon amante enfin jeune & fidèle encore,
Mais qui, peut-être hélas! dans peu me trahira...
Vous ne connaissez rien, Monsieur, de tout cela.
J'ai peine à concevoir comment on se marie;
Vous le concevez, vous.

VALSAIN.

Très-bien; mais, je vous prie,
Du respect pour le Sexe, ou je romps avec vous:
Ses vertus sont de lui, ses défauts sont de nous.
Croyez à ses vertus...

DORMILLI *l'interrompant.*

Comment! lorsqu'Angélique...

VALSAIN.

Appaisez-la bien vîte; &, d'un ton pathétique,
Jurez-lui d'être enfin plus doux, moins emporté,
De ne plus tant crier à l'infidélité:
Mais surtout, il faudra, comme à votre ordinaire,
Après avoir juré, protesté, n'en rien faire.

Dormilli appercevant Mondor, s'en va; le regarde

d'un air ennemi & le salue à peine. Mondor s'arrête quelque tems, étonné de l'accueil.

SCENE II.

VALSAIN, MONDOR.

MONDOR *riant.*

Qu'A-t-il donc? Il me fuit; il salue à demi.
Le moyen que cela puisse avoir un ami?
J'observe qu'avec vous il dispute sans cesse,
Et qu'il me boude, moi.

VALSAIN.

Peu de chose le blesse,
Il est vrai; je m'accorde avec lui rarement.

MONDOR.

Nous sympatiserions tous deux plus aisément.

VALSAIN.

Vous me flattez.

MONDOR *d'un air léger.*

Non, non; mais je plains sa manie.
On dit qu'il est atteint d'un peu de jalousie;
Qu'il veut garder un cœur, après l'avoir vaincu.
Dans Paris! à son âge! où Diable a-t-il vécu?
Il est quitté? La chose est-elle si cruelle?
Une belle bientôt nous venge d'une belle;

C'eſt dans l'ordre ; on ſe prend, on s'aime, on ſe trahit ;
Et les Femmes toujours y trouvent leur profit.
Je perds une conquête ? Eh ! bien, j'en fais dix autres.

VALSAIN.

à part. *haut.*
Amuſons-nous du fat. Des ſoins comme les vôtres
Lui donnent de l'ombrage ; il vous craint.

MONDOR.

Qui ? moi !

VALSAIN.

Vous.
Au reſte, on eſt flatté de l'humeur d'un jaloux.

MONDOR.

On en eſt amuſé. Mais, il pourroit me craindre ?
Vous croyez ?

VALSAIN.

Pourquoi non ? Je ne ſçais pas me plaindre :
Si je voulois pourtant, à ne vous point mentir,
Je vous ferois auſſi l'honneur de vous haïr.

MONDOR *d'un air modeſte.*

Ah ! Monſieur !

VALSAIN.

Vous lorgnez d'aſſez près Dorimène.

MONDOR *d'un ton moitié badin.*

Vous tremblez donc auſſi ?

VALSAIN.

Ma peur eſt-elle vaine ?
Pour gagner tant de cœurs, & pour n'en perdre aucun,

Comment faites-vous donc ?

MONDOR.

J'ai cent moyens pour un.
J'éveille l'amour propre, & le pique & le flatte;
En paraissant la fuir, je raméne une ingrate;
On me voit triste, gai, timide, entreprenant.
Et puis, sans me piquer d'un esprit transcendant,
J'ai toujours crû l'esprit... une grande ressource
Dans la société.

VALSAIN.

Sans doute.

MONDOR.

Une autre source
De tous les agrémens dont on me voit jouir,
C'est... un peu de fortune, & l'or sçait éblouir,
L'or, mobile puissant des humaines foiblesses.
Je ne me targue point de mes vaines richesses.
Mon théâtre, mes bals, ma petite maison,
Peut-être un Cuisinier qui s'est fait quelque nom,
Et mes feux d'artifice, & mon Hôtel qu'on cite,
Et mon vin de Tokai ne font pas mon mérite;
Tout cela n'est pas moi, je le sçais; mais enfin,
On éblouit ainsi le pauvre genre humain.

VALSAIN.

Savez-vous que voilà de la Philosophie ?
Allier tant d'esprit à tant de modestie !
Vous devenez sublime, & c'est ce que je crains:
Adieu; ménagez-moi dans vos vastes desseins.

SCENE III.

MONDOR *seul.*

Je le crois mon ami ; ſa franchiſe intéreſſe ;
Mais, amicalement, ſoufflons-lui ſa maîtreſſe.
Sa maîtreſſe ! c'eſt peu ; deux cœurs me ſont acquis :
Monſieur le Chevalier & Monſieur le Marquis
Me ſeront immolés, la choſe eſt manifeſte ;
Je ne puis en douter ſans être trop modeſte.
Ils s'y prenoient fort mal. Le cœur d'une Beauté
Du ſang-froid de Valſain doit être peu flatté ;
Et Dormilli, fougeux, a cette humeur jalouſe
Qui fatigue une amante & qui gêne une épouſe ;
Bien vû ! Quant aux billets que je viens de riſquer ;
Elles n'oſeront pas ſe les communiquer ;
Elles m'aiment : l'amour rend les femmes diſcrétes.
Je vais mener de front deux intrigues ſecrétes.
Le jeu ſera piquant ; deux belles à la fois !
Ou bien, au pis aller, je pourrai faire un choix.
Mais les voici ; ſortons prudemment : il me ſemble,
Qu'il n'eſt pas à propos que je les voye enſemble.

SCENE IV.

DORIMÉNE, ANGÉLIQUE.

DORIMÉNE.

Que se passe-t-il donc ? Vous riez de bon cœur.
Je ne vous vis jamais d'une si belle humeur.

ANGÉLIQUE.

Je reçois une lettre assez divertissante.

DORIMÉNE.

J'en reçois une aussi dont le stile m'enchante.
La vôtre ? Peut-on voir ?... *Angélique donne sa Lettre.*
Mais le tour n'est pas mal.
Vous avez la copie, & moi, l'original.
Nos billets sont pareils. *Elle donne sa Lettre à Angélique.*

ANGÉLIQUE *la lisant.*

O la plaisante chose !
C'est un trait de Mondor.

DORIMÉNE.

Voilà donc de sa prose :
Un billet circulaire !.. Il faut nous réunir.
Mettez vous là. *montrant une table où l'on peut écrire.*

ANGÉLIQUE.

Pourquoi ?

DORIMÉNE.

Pourquoi ? Pour le punir.

Le fat ! Et puis je veux... L'idée eſt excellente.
Par ſes tranſports jaloux Dormilli vous tourmente,
Valſain me déplait fort avec ſes tons glacés,
Votre amant aime trop, & le mien pas aſſez.
Ce ſeroient deux maris également à craindre.

ANGÉLIQUE.

Oui.

DORIMÉNE.

Je vois un moyen ; mais il s'agit de feindre.
Répondez à l'Epître, & même tendrement.

ANGÉLIQUE *riant.*

Oui, par un billet doux peut être ?

DORIMÉNE.

Juſtement.
C'eſt là le vrai moyen de guérir l'un & l'autre.
Feignons d'aimer Mondor. Vous allez voir le vôtre
Si plaiſamment jaloux, que, s'il veut l'être encor,
Nous le ferons rougir au ſeul nom de Mondor ;
Et Valſain, allarmé, malgré tout ſon mérite,
Croira qu'il peut déplaire... Allons, écrivez ; vîte.

ANGÉLIQUE, *avec réfléxion.*

Feindre d'aimer Mondor !

DORIMÉNE.

Eh oui, pour nous venger.

ANGÉLIQUE

Et trahir un jaloux !

DORIMÉNE.

Pour mieux le corriger.

Il est bon quelquefois d'affliger ce qu'on aime :
On guérit un défaut par ce défaut-là même.
Ne perdons pas de tems. *Angélique s'assied.*
Je dicte. Écrivez... Bon!

ANGÉLIQUE.

Mais il ne sera plus jaloux au moins?

DORIMÉNE.

Eh non.

Dictant.

» *Je ne sais, Monsieur, si je fais bien de vous répon-*
» *dre.*

ANGÉLIQUE.

Je sais que je fais mal.

DORIMÉNE *dictant.*

» *J'ai combattu long-tems...*

ANGÉLIQUE *répète ce qu'elle écrit.*

Long-tems.

DORIMÉNE *dictant.*

» *Mais je suis excédée de Monsieur Dormilli...*

ANGÉLIQUE *écrivant.*

Dites que je l'abhorre ;
Je l'aimerois autant.

DORIMÉNE.

Eh bien,
» *Je suis... si cruellement tourmentée.*

ANGÉLIQUE.

Plus dur encore.
Vous vous divertissez.

DORIMÉNE.

Cent fois vous m'avez dit
Qu'il vous tourmentoit fort.

ANGÉLIQUE.

Oui; mais quand on écrit!

DORIMÉNE.

Otez *cruellement.*

ANGÉLIQUE *avec vivacité.*]

J'y pensois.

DORIMÉNE *dictant.*

» *En vérité, dans les impatiences qu'il me cause...*

ANGÉLIQUE.

A merveille.

DORIMÉNE *dictant.*

» *Je ne sais qui je ne lui préférerois pas.*

ANGÉLIQUE.

Je ne mettrai jamais d'expression pareille.

DORIMÉNE.

Quelle enfance!

ANGÉLIQUE.

Jamais. Cédez-moi sur ce point,
Ou...

DORIMÉNE.

Qu'importe le mot, quand la chose n'est point?

ANGÉLIQUE.

Il est fort, ce billet.

DORIMÉNE.

Et moi, j'ose prétendre

Qu'un jaloux, ou qu'un fat, peuvent ſeuls s'y méprendre.

ANGÉLIQUE *achevant d'écrire.*

Vous vous figurez donc que Mondor nous croira ?
Se croire aimé de nous !

DORIMÉNE.

Bon ! Il le croit déja.
Et les hommes, d'ailleurs . . . quelle crainte eſt la vôtre !
Ce ſexe eſt vain, très-vain . . . preſqu'autant que le nôtre.
Donnez-moi ce billet, je ſaurai l'envoyer ;
Et . . . ſoyez inflexible avec le Chevalier ;
Profitez du moment. Allons. Je vais écrire.

Angélique ſe léve pour lui céder la place.

Moi, j'aime auſſi Mondor, & je veux le lui dire.

En s'aſſéyant.

Ils ſeront bien joués, bien plaiſans tous les trois.
Quel plaiſir d'intriguer trois hommes à la fois !

ANGÉLIQUE.

Mon Dieu, vous aimez bien à voir ſouffrir ! . . . ſilence :
Ils approchent tous deux. C'eſt Valſain qui s'avance,
Cachez votre papier.

DORIMÉNE *aſſez haut pour être entendue de Valſain.*

Vous vous moquez de moi.
Oh, je ne ſuis point fauſſe.

SCENE V.

VALSAIN, DORMILLI, DORIMÉNE, ANGÉLIQUE.

DORMILLI *bas à Valſain.*

Elle écrit.

VALSAIN, *froidement.*

Je le voi.

DORMILLI *à Angélique.*

Je vous retrouve enfin ; vous me fuyez, cruelle.

ANGÉLIQUE.

M'allez-vous faire encor quelque ſcene nouvelle ?
Il eſt vrai, je vous fuis.

DORMILLI.

Vous fuyez vainement,
Je vous ſuivrai par-tout.

Angélique ſe réfugie duprès de Doriméne.

DORIMÉNE *à part.*

C'eſt-là bien un amant.
Quand pourrai-je obtenir que Valſain lui reſſemble ?
à Valſain.
Ah ! vous voilà, Monſieur ?

VALSAIN.

Nous arrivons enſemble,
Et je n'oſois, Madame, interrompre un billet.

DORIMÉNE *sans le regarder & continuant d'écrire.*

Mais vous faites fort bien; il faut être discret.

DORMILLI.

Discret! Vous écririez, Madame, en sa présence
A cinq ou six rivaux; toujours sans défiance,
Monsieur seroit content de lui-même & de vous.

DORIMÉNE.

C'est que, précisément, j'écris un billet-doux.

DORMILLI.

Valsain, vous entendez? un billet-doux.

VALSAIN.

Peut-être

Daigne-t'on s'occuper...

DORIMÉNE.

De qui?

VALSAIN.

De moi.

DORIMÉNE *à part.*

Le traître!

Encore un mot.

Elle écrit d'un air très-animé,

VALSAIN.

Le stile en doit être charmant.
Vous avez dans les yeux le feu du sentiment.
Ce billet sera tendre; heureux qui doit le lire!

Doriméne plie son billet.

Mais c'est finir trop tôt: on ne peut trop écrire,
Quand c'est le cœur qui dicte.

DORIMÉNE.

DORIMÉNE *à part.*

Il raille ; le cruel !
Il me feroit écrire un billet doux réel.

à un Laquais.

Holà quelqu'un ? Portez bien vîte cette lettre.

VALSAIN.

C'est peut-être chez moi que l'on va la remettre.

DORIMÉNE.

Chez vous ? Eh-bien, Monsieur, allez la recevoir.

elle sort.

VALSAIN *souriant.*

Ah ! Je suis pénétré d'un si flatteur espoir ;
J'y cours.

SCENE VI.

DORMILLI, ANGÉLIQUE.

DORMILLI *retenant Angélique qui veut suivre Doriméne.*

Un moment donc.

ANGÉLIQUE.

Je suis trop en colère ;
Ne me retenez point.

DORMILLI.

Ai-je pu vous déplaire
Par un excès d'amour ?

ANGÉLIQUE.

Oh, discours superflus,
Monsieur.

DORMILLI.

Toujours Monsieur!

ANGÉLIQUE.

Je ne pardonne plus.
J'ai pardonné vingt fois, toujours dans l'espérance
Que vous pourriez changer; mais je perds patience.
Hier, tout cet éclat, tout cet emportement
Fut encor précédé d'un raccommodement.

DORMILLI.

Convenez donc aussi qu'hier, Mademoiselle...
J'attends; vous arrivez; vous étiez la plus belle;
Dès-lors, je ne vois plus que vous, que tant d'appas;
Et moi, je suis le seul que vous ne voyez pas.
Vos discours, pleins d'esprit, amusent, intéressent;
Mais à d'autres qu'à moi tous vos discours s'adressent.
Mondor, à vos côtés, d'un air mistérieux,
Vous tient de sots propos, vous cache à tous les yeux;
Vous ne soupçonnez point que ce fat-là m'ennuie.
On parle enfin d'un Wisth; il fait votre partie:
J'en fais une autre, moi; loin de vous! & comment?
Je suis distrait; je perds; je joue horriblement;
On me gronde; on se plaint; vous éclatez de rire:
Et vous & votre fat.

ANGÉLIQUE.

J'ai ri; mais je puis dire

Que je n'étois pas seule.

DORMILLI.

Eh ! vraiment, je le croi.
C'est que personne n'aime ou n'aime comme moi ;
C'est qu'ils ne sentent point ; c'est qu'ils n'ont pas mon ame.
J'extravague en effet ; car je veux qu'une femme
N'ait pas l'ambition... de plaire... au monde entier.

ANGÉLIQUE.

Voilà comme un jaloux sait se justifier.
Ah ! dût-il m'en couter l'effort le plus pénible,
Je dois pour vous, Monsieur, cesser d'être sensible.
A votre folle humeur il faut m'assujetir.
Je ne puis ni marcher, ni m'asseoir, ni sortir,
Ni parler, ni me taire. On me donne une lettre ;
C'est celle d'un rival qu'on vient de me remettre.
Je danse avec quelqu'un ? vous rèvez tristement.
Me voyez-vous parée ? ah ! c'est pour un amant.
Ai-je fait à Mondor de simples politesses ?
On met, sans le savoir, mon éventail en piéces.
J'aimerois cent fois mieux un cœur indifférent.
Devenu mon époux, vous seriez mon tyran.

DORMILLI.

Votre tyran ! Jamais. Quelle crainte cruelle !
N'auriez-vous pas alors juré d'être fidelle ?

ANGÉLIQUE.

Je crains que pour s'unir nos cœurs ne soient pas faits.

DORMILLI.

Ah! ſans mon fol amour, que je vous haïrais!
Vous ſaurez à la fin me faire aimer Julie:
Elle m'aime; & pour moi vous l'avez embellie.
Elle ne me voit point ces travers odieux:
Ayant un autre cœur, Julie a d'autres yeux.

ANGÉLIQUE *avec dépit.*

Eh bien, Monſieur, volez; fixez-vous auprès d'elle.

DORMILLI.

Oui, je vais l'adorer... l'aimer... Mademoiſelle,
Je vais vous obéir. Mais, du moins, nommez-moi
Celui qui m'a ravi votre cœur.

ANGÉLIQUE *ſouriant.*

Et pourquoi
Faut-il vous le nommer?

DORMILLI.

Qu'il tremble pour ſa vie.

ANGÉLIQUE.

Ciel! encor des fureurs! Il faut que l'on vous fuie.

DORMILLI *la ſuivant.*

Fuyez-moi, j'y conſens, je ne vous cherche plus.
Que m'importe un rival, ſon nom & vos refus?

SCENE VII.

DORMILLI *ſeul.*

C'EST ici qu'un jaloux auroit bien droit de l'être.

Mais quel eſt ce rival?

Mondor paroît.

Je l'apperçois peut-être...

C'eſt lui; préciſément je le trouve aujourd'hui

Deux fois plus fat encore & plus content de lui.

SCENE VIII.

DORMILLI, MONDOR.

MONDOR, *de loin & à part.*

Bon!

Haut, & d'un air triomphant.

Toujours de l'humeur? dans l'âge des conquêtes,

Quand on plaît, quand on aime!

DOMILLI.

Oh! je ſais que vous êtes

Un excellent railleur; mais moi, qui raille peu,

Je vais, Monſieur Mondor, vous faire un libre aveu.

Votre préſence, ici... m'étoit fort agréable.

Cependant...

MONDOR *riant.*

Vous croyez que je ſuis redoutable;

Et que ſur Angélique on a quelque deſſein?

DORMILLI.

De grace, expliquons nous. Daignez m'apprendre enfin

A qui vous en voulez.

MONDOR.

La demande eſt fort bonne.
Chevalier, ſi je puis n'en vouloir à perſonne,
On peut....

DORMILLI.

Vous en vouloir? Eh bien, qui vous en veut?

MONDOR.

Vous ne le diriez point à ma place.

DORMILLI.

Il ſe peut;

En riant, & du ton d'un homme qui compte ſur la fatuité de Mondor.

Mais vous le direz, vous, n'eſt-ce pas?

MONDOR.

Il eſt leſte!
Ma foi, ſi je le dis, c'eſt, je vous le proteſte,
Pour vous tranquiliſer: vous êtes ſi preſſant...
Je vois que vous ſouffrez; je ſuis compatiſſant.

DORMILLI.

Au fait, par grace.

MONDOR.

Eh bien, s'il faut vous en inſtruire...

Il s'amuſe de l'attention que lui prête Dormilli.

Ces choſes-là pourtant ne doivent pas ſe dire.

DORMILLI.

Avec une impatience qu'il veut maſquer ſous un ton badin.

Aujourd'hui l'on dit tout: dites donc.

MONDOR.

Trop de feu,
Trop de feu, Chevalier; modérez-vous un peu.
Si de mes ſoins ici quelqu'un doit être en peine,
Ce n'eſt pas vous encor.

DORMILLI.

Quoi, Monſieur, Doriméne...

MONDOR *négligemment.*

Mais, oui.

DORMILLI.

Plaiſantez-vous?

MONDOR.

Mais, non.

DORMILLI.

D'honneur?

MONDOR.

D'honneur.
Valſain vous vexe un peu; je ſuis votre vengeur.
Réjouiſſez-vous bien de ſa triſte aventure.
Doriméne a, pour nous, c'eſt une choſe ſûre,
Un gout très-décidé, mais je dis, décidé.

DORMILLI.

Ce ſoupçon-là, Monſieur, peut être mal fondé.

MONDOR.

Soupçon n'eſt pas le mot: en voulez-vous des preuves?
Oh! parbleu, c'eſt me mettre à de rudes épreuves.
Le moyen, avec vous, de garder un ſecret!

Il tire un Porte-feuille de sa poche.

Parmi certains papiers, j'ai là... certain billet;
Faut il, à l'instant même, avoir la complaisance
De vous en faire part?

DORMILLI.

Non, vraiment, car je pense
Que vous ne l'avez point.

MONDOR.

Je ne l'ai point?... lisez.

Il lui présente le billet: Dormilli veut s'en saisir & Mondor le retient. Dormilli lit avidement. Mondor continue.

Sous un stile badin ses feux sont déguisés:
On badine d'abord, puis on est attendrie;
Puis, le moment fatal, & puis la jalousie;
On tremble de nous perdre, on veut toujours nous voir;
Et le roman finit par un beau désespoir.

Il éclate de rire.

Mais, n'admirez-vous pas le sommeil létargique
Du Monsieur de Valsain? Vous craigniez qu'Angélique
N'eût pour moi quelque goût; lui, qu'on a supplanté,
Il est, le cher Marquis, d'une sécurité!

DORMILLI.

Le voilà donc enfin trahi par sa Maîtresse!
J'avois sçu le prévoir; je le disois sans cesse.

MONDOR.

Depuis que j'ai paru?

DORMILLI.

Non, très-longtems avant.
Mais, Angélique! ...

MONDOR.

Eh bien?

DORMILLI *d'un ton brusque.*

Eh bien, je crois souvent
Qu'elle me trompe aussi.

MONDOR.

Moi, je le conjecture.

DORMILLI.

Vous êtes consolant.

MONDOR *d'un air fin.*

Néanmoins, je vous jure
Qu'à votre affliction, c'est vous parler sans fard,
Personne, en vérité, ne prend autant de part.
Mais adieu; je vous laisse à votre inquiétude.

Il chante le vers suivant, pris d'un Opéra.

Les amans affligés aiment la solitude.

SCENE IX.

DORMILLI *seul.*

Il chante! il est heureux! Mondor n'est point haï;
On l'aime, & l'on me hait! & Valsain est trahi!
Angélique, du moins, quoiqu'elle dissimule,
N'a sûrement pas fait un choix si ridicule.

Mon pauvre ami Valſain ſera fort étonné.

SCENE X.

DORMILLI, VALSAIN.

DORMILLI *à part.*

Il me paroît bien triſte !

VALSAIN *à part.*

Il a l'air indigné.

Ils ſe regardent quelque tems en ſilence.

DORMILLI.

Je vous l'ai dit cent fois ; je n'entends rien aux femmes.

VALSAIN.

Ma foi, ni moi non plus.

DORMILLI.

Mon ami, quelles ames !

VALSAIN.

Quelles têtes, mon cher !

DORMILLI.

à part, en s'éloignant de Valſain.

A-t-il quelque ſoupçon ?

VALSAIN.

A part, s'éloignant de même.

Je dois lui dire tout ; mais, de quelle façon ?

DORMILLI *à part.*

Comment m'y prendre ?

Ils se rapprochent l'un de l'autre.

Haut.

Il faut qu'avec vous je m'explique.
Je viens d'entretenir tout-à-l'heure Angélique :
Je ne la conçois plus. Je crois, sans vous flater,
Que votre aimable veuve a sçu me la gâter.
C'est une étrange femme, au moins, que Doriméne !
Etes vous bien sûr d'elle ?

VALSAIN.

Ah ! très-sûr ; j'aurois peine
A croire... Mais la vôtre, avez-vous bien son cœur ?
Écoutez, cher ami ; surtout, point de fureur.
Je commence à penser enfin, comme vous-même.
Oui ; je doute, entre nous, qu'Angélique vous aime.

DORMILLI.

Fort bien ! de mes amours vous êtes occupé !
Et vous ne craignez pas de vous être trompé
Sur les vôtres ?

VALSAIN.

Quoi donc ?

DORMILLI.

Pourriez-vous, je suppose,
Me dire qu'Angélique aime... quelqu'un ; qu'elle ose
Écrire à ce quelqu'un ; que cet amant discret,
Ce modeste rival montre, d'elle, un billet ?

Que ce billet, enfin, vous venez de le lire?

VALSAIN.

Ma foi, vous m'étonnez; je n'osois vous le dire;
Vous sçavez tout. Mondor, qui nous croit ennemis,
Et qui me met, de plus, au rang de ses amis,
Vient de me confier ce billet d'Angélique,
Écrit à lui Mondor. L'affaire est moins tragique,
Puisque vous la saviez.

DORMILLI.

Comment donc?

VALSAIN.

Je l'ai lû.

DORMILLI.

Vous l'avez lû?

VALSAIN.

Deux fois: j'en étois confondu.

DORMILLI *d'une voix étouffée.*

Qu'entend-je?... se peut-il?... Angélique perfide!
Je n'en doute donc plus!.. Quel coup!.. Il me décide;
Ami, consolons-nous. Plus sensés désormais,
Jurons de renoncer aux femmes pour jamais.
Ce parti...

VALSAIN.

Seroit dur: il faut être équitable.
La mienne m'est fidéle, & je serois coupable
Si..

DORMILLI *très-vivement.*

Fidèle ? Oui, fidèle ; Adorez-la. Mondor,
Qu'elle fidélité ! Là, tout-à-l'heure encor...
Elles pouſſent bien loin la feinte & le caprice !
Ne me croyez donc pas le ſeul que l'on trahiſſe.
La vôtre... Mais au reſte elle m'étonne moins.

VALSAIN *poſément.*

Qu'a-t-elle fait ? Voyons.

DORMILLI.

Digne objet de leurs ſoins,
Mondor tient un billet écrit par Doriméne,
Billet qu'il montre auſſi, que je croyois à peine ;
Voilà ce qu'elle a fait ; voyez.

VALSAIN *à part,*

Que dit-il là ?

Haut.

Deux billets à Mondor !.. Répétez-moi cela.
Doriméne...

DORMILLI *avec impatience.*

Oui Monſieur.

VALSAIN.

Elle a donc fait remettre ?...

DORMILLI.

Oui Monſieur.

VALSAIN.

A Mondor ?

DORMILLI.

Oui Monſieur.

VALSAIN.

Une Lettre ?

DORMILLI,

impétueuſement.

Oui Monſieur, oui Monſieur, oui Monſieur.

VALSAIN,

à part & toujours de ſang froid.

A Mondor,

Deux billets !... c'eſt un jeu.

DORMILLI.

Répéterai-je encor ?

VALSAIN *ſouriant.*

Je vous ſuis obligé de votre complaiſance.

DORMILLI.

J'avois tort d'accuſer ce ſexe d'inconſtance ;
Il ne trahit pas ; non. *Ses vertus*, diſiez-vous,
Ses vertus ſont de lui ; ſes défauts ſont de nous.
Croyez à ſes vertus. Oh ! j'y crois.

VALSAIN.

Moi de même.

DORMILLI.

Aux vertus d'Angélique ! & c'eſt Mondor qu'elle aime ?

VALSAIN.

Mondor de tout ceci doit être bien content.

DORMILLI.

Belle réfléxion !

VALSAIN *riant.*

Je reviens à l'inftant.

Il s'en va.

DORMILLI.

La vôtre difoit bien, mais rien ne vous effraye ;
» J'écris un billet-doux.

VALSAIN.

Du moins eft-elle vraie.

Il veut fortir.

DORMILLI,

lui ferrant le bras avec colére.

Du moins! concevez-vous, homme froid, cœur glacé,
Concevez-vous Mondor? Le fat s'eft empreffé
A vous communiquer le billet d'Angélique :
Celui de Doriméne, il me le communique.
Des procédés pareils fe peuvent-ils fouffrir ?

VALSAIN.

Mondor eft né plaifant ; il veut fe réjouir.

DORMILLI,

à Valfain. à lui-même.

Ah ! fort bien. Croira-t'on qu'Angélique, à fon âge,
Avec cet air naïf, & le plus doux langage?...
Que n'ai-je aimé Julie?... *à Valfain.* Enfin vous l'avez lu
Cet indigne billet? L'auriez-vous retenu ?
Je puis, foyez-en fûr, l'écouter fans colère:

Dites les propres mots.

VALSAIN.

Mais Mondor pourra faire
Quelque jour un recueil ; alors, vous l'y verrez.

DORMILLI.

Quel ami ! quel amant ! vous me déſeſpérez...
Voyons de près mon fat. *Il ſort.*

VALSAIN *allarmé.*

Pour une bagatelle,
Tant de bruit ! arrêtez. Angélique eſt fidelle.
Mondor n'eſt point aimé.

DORMILLI *revenant.*

Comment ! Que dites-vous ?

VALSAIN.

Qu'on s'amuſe, à la fois, de Mondor & de nous.

DORMILLI.

Quoi ! ces billets...

VALSAIN.

Font voir l'accord des deux couſines.
Deux lettres, à la fois, & deux lettres badines !
A Mondor.., qui les montre ! allons ; réfléchiſſez.

DORMILLI *avec vivacité.*

Eſt-il bien vrai ?... Comment ?... de grace... éclairciſ-
ſez...

VALSAIN.

Mais tout eſt éclairci. L'une eſt jeune & timide ;

L'autre

L'autre n'eſt que maligne & point du tout perfide.
Vous croyez leurs billets ! Je crois plutôt leurs cœurs.
Qu'un fat ait des ſuccès, j'y conſens, mais ailleurs ;
Il n'en a point ici.

DORMILLI,

l'embraſſant avec transport.

Vous me rendez la vie.
En effet, Angélique... Oh oui, je le parie,
Je ſuis encore aimé. Vous avez bien raiſon ;
J'ai mille ſouvenirs : elle, une trahiſon !
J'ai crû... J'étois donc fou. La découverte eſt bonne.
Angélique me trompe : éh bien ! je lui pardonne.
Elles nous ont joüés toutes deux ! mais enfin,
Pour nous en impoſer il faut être plus fin.
Nous ſommes clair-voyans... Je ris de leur malice.

VALSAIN.

De vous, préſentement puis-je attendre un ſervice ?

DORMILLI *avec une effuſion de tendreſſe.*

Ah ! je ſouſcris d'avance à vos moindres deſirs.

VALSAIN.

ſouriant & d'un air tranquille.

Laiſſez vivre Mondor pour nos menus plaiſirs.

DORMILLI.

avec une joïe exceſſive.

Je ne le tuerai point.

VALSAIN.

Je vais chez Doriméne,

De mon faux déſeſpoir réjouir l'inhumaine.

Il va pour ſortir.

DORMILLI *le retenant.*

Mais ſommes nous bien ſûrs?.. Croyez-vous fermement?
C'eſt qu'on ne doit jamais croire légérement.

VALSAIN.

Ah ! voilà mon jaloux !

DORMILLI.

Nous n'avons pas de preuve.

VALSAIN *rêvant.*

Eh bien, j'en vais avoir. J'imagine une épreuve
Qui vous démontrera que leur crime eſt un jeu,
Et qui pourra ſurtout les chagriner un peu.

DORMILLI.

Prenez garde pourtant...

VALSAIN.

Cœur foible que vous êtes !
C'eſt pour vous détromper...

à part.

& leur payer nos dettes.

DORMILLI.

A quoi ſongez-vous donc ?

VALSAIN.

Je ſonge à vous ſervir.

d'un ton badin.

Je doute auſſi, je doute, & je vais m'éclaircir.
Partez.

Il veut le faire ſortir.

DORMILLI *revenant.*

Mais, mon ami, lisez sur leur visage,
Dans leurs yeux, finement.

VALSAIN *le poussant toujours.*

C'est à quoi je m'engage.

DORMILLI.

Vous ne tarderez point à me venir trouver?

VALSAIN.

Je ne tarderai point.

DORMILLI *résistant.*

Mais il faut...

VALSAIN.

Vous sauver.

DORMILLI.

Si vous êtes sûr d'elle, épargnez mon amante.

VALSAIN.

Une femme affligée est plus intéressante.

DORMILLI.

Que ferez-vous? Je crains....

VALSAIN.

Calmez ce tendre effroi.
Sortez, dis-je, & gardez de paroître sans moi.

Il le pousse enfin hors du Théatre. Un moment après Dormilli rentre, & sans être apperçu de Valsain, se glisse dans un cabinet.

SCÉNE XI.

VALSAIN *seul.*

COMMENT! il a crié, fait un affreux vacarme;
Moi-même, (car ceci m'a causé quelque alarme)
J'aurai vû le Mondor, & rire à nos dépens,
Et de ses deux rivaux faire deux confidens;
Le tout pour s'égayer, pour distraire ces Dames:
Non, parbleu, c'en est trop; ne gâtons pas les femmes.
Oh, rien n'est dangereux comme l'impunité....
N'y mettons pas pourtant trop d'inhumanité,
Ne soyons pas cruels... Bonnes gens que nous sommes!
gaiement.
Qui désole une femme est le vengeur des hommes.
Les voici. Bon.

SCÉNE XII.

DORIMÉNE, ANGÉLIQUE, VALSAIN.

DORIMÉNE,

bas à Angélique dans le fond du Théâtre.

Il est accablé de douleur:
Mondor aura parlé.

ANGÉLIQUE.

bas à Dorimène.

Voyons.

DORIMÉNE,

à Valſain qui ſe proméne d'un air fort triſte.

Où va Monſieur?

VALSAIN.

Je ne ſçais.

DORIMÉNE.

Cet air triſte a lieu de me ſurprendre.

VALSAIN.

ſe promenant toujours.

A tant de perfidie aurois-je dû m'attendre?
Engager un amant, l'enflâmer, l'attendrir,
Lui promettre ſon cœur, ſa main, & le trahir!
Le moïen qu'à ce coup l'infortuné ſurvive?

DORIMÉNE.

Je ne mérite pas une douleur ſi vive.

VALSAIN.

s'arrêtant.

Votre inconſtance auſſi me touche infiniment;
Mais je n'en parlois pas, Madame, en ce moment.
Je penſe à mon ami qui prend tout au tragique.
Trahi, comme Roland, par une autre Angélique,
Furieux, comme lui, plus digne de pitié,
Il a maudi l'amour & même l'amitié.
Madame, je l'ai vû prêt à perdre la tête.

Il la perdoit ſans moi.

DORIMÉNE.

Vous êtes bien honnête.

La vôtre étoit plus calme?

VALSAIN.

Auſſi, pour le ſauver,

Ai-je pris un moïen... qu'il auroit pû trouver.

ANGÉLIQUE *allarmée.*

Et quel moïen?

VALSAIN.

Très-ſimple; il s'offroit de lui-même.

Vous connoiſſez Julie, & ſavez qu'elle l'aime;

Brune vive, piquante!

DORIMÉNE *feignant.*

Eh bien, il doit l'aimer.

VALSAIN.

Pour elle, tout d'un coup, je n'ai pû l'enflammer...

DORIMÉNE *à part.*

Bon.

VALSAIN *lentement.*

Mais, comme Julie eſt jeune, tendre & belle...

DORIMÉNE *avec impatience.*

Jeune! tendre! achevons. Il a volé chez elle?

VALSAIN.

Non, Madame; c'eſt moi qui viens de l'y mener.

Il réſiſtoit d'abord; mais... j'ai ſçu l'entraîner.

DORIMÉNE *à part.*

Le Monſtre!

ANGÉLIQUE *à part.*

Ah ! Dieux !

VALSAIN *à Dorimène.*

Voyez cette ſcène touchante,
Mon ami conſolé, les tranſports d'une amante :
Ils vouloient tout ſe dire, & ne ſe parloient pas ;
Mais quels regards ! J'aimois juſqu'à leur embarras.
à Angélique.
Vous auriez pris plaiſir, ſur-tout, à voir Julie :
Tous deux me raviſſoient : j'en ai l'ame attendrie.
à Dorimène.
C'eſt que rien n'eſt ſi beau que l'aſpect du bonheur,
Pour moi, du moins. Enfin, j'ai décidé ſon cœur,
à Angélique. *à Dorimène.*
Ils ſeront l'un à l'autre... Et, quant à moi, Madame,
J'attends : peut-être un jour trouverai-je une femme,
Qui daignera m'aimer ; notre rival heureux,
Mondor, monſieur Mondor en a bien trouvé deux.

Il ſalue reſpectueuſement ; on ne lui rend point ſes révérences ; il ſort.

SCENE XIII.

DORIMÉNE, ANGÉLIQUE.

DORIMÉNE,

après un long silence, pendant lequel elle n'ose lever les yeux sur Angélique.

QUEL homme !... & je l'aimois !

ANGÉLIQUE.

Ah ! vous m'avez perdue.
Mais, quelle idée aussi ! c'est vous qui l'avez eue,
Qui m'avez fait écrire. Il le faut avouer,
De votre habileté j'ai fort à me louer.

Dormilli sort du cabinet où on l'a vû entrer, & s'arrête dans le fond du théâtre. Pendant cette Scène il fait, de tems en tems, des pas vers Angélique.

DORMILLI.

bas.

Écoutons.

DORIMÉNE.

L'avanture est heureuse peut-être ;
Et je me félicite enfin de les connoître :
Ils ne méritent point que l'on se plaigne d'eux.
Les voilà donc ! voilà comme ils aimoient tous deux !
L'un...

ANGÉLIQUE.

Ils ont fort bien fait ; oui, Madame, à leur place ;
J'en aurois fait autant. Quoi ! Mondor a l'audace
D'écrire un sot billet, & nous lui répondons !
C'est pour un tel rival, que nous les trahissons !
Pouvoient-ils ?...

DORIMÉNE.

Ils pouvoient, au moins par bienséance,
Gémir un jour ou deux ; ce n'est pas trop, je pense,
J'ai vû votre jaloux, soupirant à vos pieds,
Promettre de mourir, si vous l'abandonniez.
Eh bien, qui l'empêchoit de vous tenir parole ?

ANGÉLIQUE.

Qui l'empêchoit ? ô Ciel !

DORIMÉNE.

Oui ; c'étoit-là son rôle,
Le rôle de Valsain, de tout amant quitté :
Le nôtre est à présent celui de la fierté.
Cachez donc vos regrets quand l'honneur vous l'ordonne.

ANGÉLIQUE *pleurant presque*

L'honneur ! l'honneur consiste à ne tromper personne.

DORMILLI,

bas dans le fond du Théâtre.

Charmante !

Il s'approche d'elle.

ANGÉLIQUE.

Il m'aimoit tant ! vous vouliez aujourd'hui

Que votre froid Valſain fût jaloux comme lui.
Ah ! par ſon défaut même il doit plaire à Julie ;
Et je dois regretter juſqu'à ſa jalouſie.
Où retrouver jamais un cœur comme le ſien ?
Si du moins, il voyoit le déſeſpoir du mien !...
Je veux le détromper.

SCENE XIV.

DORMILLI, DORIMÉNE, ANGÉLIQUE.

DORMILLI *avec transport.*

Il l'eſt, il vous adore.

ANGÉLIQUE.

Ah Ciel ! Ah Dormilli !

DORMILLI.

Quoi ! vous m'aimez encore ?
Quoi ! vous doutiez d'un cœur où vous regnez toujours ;
Diſpoſez de mon ſort, de ma main, de mes jours.

DORIMÉNE,

avec un air de dépit & de joie.

Ce traître de Valſain !

DORMILLI.

A vû votre artifice,
Et s'eſt un peu vengé.

ANGÉLIQUE.

Vous étiez ſon complice !

DORMILLI.

Oh ! non, pas tout-à-fait ; mais quelle heureuſe erreur !

à Doriméne.

N'allez pas le gronder ; je lui dois mon bonheur.
Sans lui j'ignorerois ce que je viens d'entendre ;

à Angélique.

Je n'aurois pas joui d'une douleur ſi tendre.
Me le pardonnez-vous ?

ANGÉLIQUE.

Vous avez entendu ?

DORMILLI *avec l'ivreſſe de la joie.*

Je vous ai laiſſé dire & n'en ai rien perdu.

DORIMÉNE *qui voit venir Valſain.*

Paix.

SCENE XV.

VALSAIN, DORMILLI, DORIMÉNE, ANGÉLIQUE.

VALSAIN,

Entrant de l'air d'un homme qui cherche quelqu'un.

C'est lui que je vois. Aura-t-il pû ſe taire?

Il s'avance & regarde quelque tems.

Ces Dames ſavent tout.

DORIMÉNE.

Votre affreux caractère
M'eſt enfin dévoilé; vous êtes le mortel
Le plus faux !...

VALSAIN.

J'en conviens; mais lui, le plus cruel.
On ne peut, avec lui, ſe venger à ſon aiſe.
Mon pauvre Chevalier, ah! qu'un ſecret vous péſe!
Plus de ſociété déſormais entre nous:

gaiement.

Du moins, pour les noirceurs, je les ferai ſans vous.

DORMILLI.

Je le veux bien, ſans moi.

DORIMÉNE.

Comme il ſe juſtifie!

DORMILLI,

à Angélique. *à Valsain.*

Le croirez-vous encor? J'épouse donc Julie!

à Angélique.

Quand je jure à vos pieds...

Il tombe aux pieds d'Angélique.

SCENE XVI.

MONDOR, VALSAIN, DORMILLI, DORIMÉNE, ANGÉLIQUE.

MONDOR, *avec un éclat de rire, voyant Dormilli à genoux.*

Il est ma foi charmant!
Ce tendre Chevalier aime excessivement.
Pourquoi le maltraiter ainsi, Mademoiselle?

bas à Valsain qui rit.

Vous riez de le voir aux pieds d'une infidelle,
Méchant! il aime encor l'objet que j'ai charmé.

bas à Dormilli qui rit aussi.

Le malheureux Valsain se croit toujours aimé.

Dormilli & Valsain rient de Mondor sans se gêner.

à part.

Bon, chacun rit de l'autre. *Ils rient tous trois.*

VALSAIN *à Mondor.*

On rit de vous.

à Doriméne.

Madame,

Pour qu'il n'en doute pas, daignez être ma femme.

DORIMÉNE.

Traître, tu t'applaudis : mais le cœur est pour toi.
Je te céde l'honneur de tromper mieux que moi.

VALSAIN.

D'un simple amusement ne faites pas un crime.
Je n'étois point jaloux, mais par excès d'estime ;
Et mon ami l'étoit par un excès d'amour.
Allons, pardonnez-nous ; & qu'en cet heureux jour,
désignant Mondor.
Monsieur soit seul puni de toutes nos querelles.

DORMILLI *du ton le plus railleur.*

C'est ainsi que Mondor triomphe de deux Belles.

Doriméne, Angélique, Valsain & Dormilli font à Mondor des révérences ironiques, & sortent en riant.

SCENE XVII.

MONDOR *seul, exprime sa confusion à droite & à gauche.*

EXPLIQUERA, morbleu, les femmes qui pourra...
L'Amour me les ravit, l'Hymen me les rendra.

FIN.

Lû & approuvé ce 18 Février 1768. MARIN.

Vû l'Approbation, permis d'imprimer ce 18 Février 1768. DE SARTINE.

www.ingramcontent.com/pod-product-compliance
Ingram Content Group UK Ltd.
Pitfield, Milton Keynes, MK11 3LW, UK
UKHW020404220726
13923UKWH00004B/1733

9 782019 638368